AF357376

28 avril 1913

ANTIQUITÉS

Grecques et Romaines, Byzantines et Arabes

VERRES ARABES ÉMAILLÉS

VERRES IRISÉS

TERRES-CUITES — MARBRES

BRONZES

Faïences de Syrie

ARMES

ÉTOFFES ET TAPIS

VENTE

HOTEL DROUOT - SALLE N° I

Le Lundi 28 Avril 1913

A 2 HEURES

Mᵉ E. BOUDIN	**M. J. ENKIRI**
COMMISSAIRE-PRISEUR	EXPERT
14, *Rue Grange-Batelière*	46, *Rue de Grenelle*

EXPOSITION PARTICULIÈRE

Chez M. ENKIRI, du 24 au 26 Avril, de 2 heures à 6 heures

EXPOSITION PUBLIQUE

le Dimanche 27 Avril, Hôtel Drouot, Salle n° I, de 2 h. à 6 h

DÉSIGNATION

·VERRES IRISÉS

Nota. — Les noms des villes se trouvant à la suite de chaque numéro indiquent l'endroit où l'objet fut trouvé.

1 — Très élégant gobelet arabe forme corolle, orné au haut de la panse d'une inscription en caractères d'or coufiques et sur le milieu de deux dauphins or et rouge. Damas.

> D'après les caractères, cette belle pièce doit être du xiiᵉ siècle.

Haut. : 0ᵐ14.

2 — Beau gobelet arabe orné d'une inscription en caractères d'or. xivᵉ siècle. Damas.

Haut. : 0ᵐ13.

3 — Très gracieuse petite amphore à pied en pâte bleue ornée de deux anses latérales doubles et d'une anse supérieure. Charmante irisation d'un très bel effet. Sidon.

Haut. : 0ᵐ09.

28 avril 1913

ANTIQUITÉS

Grecques et Romaines, Byzantines et Arabes

VERRES ARABES ÉMAILLÉS

VERRES IRISÉS

TERRES-CUITES — MARBRES

BRONZES

Faïences de Syrie

ARMES

ÉTOFFES ET TAPIS

VENTE

HOTEL DROUOT - SALLE N° 1

Le Lundi 28 Avril 1913

A 2 HEURES

Mᵉ E. BOUDIN	**M. J. ENKIRI**
COMMISSAIRE-PRISEUR	EXPERT
14, Rue Grange-Batelière	46, Rue de Grenelle

EXPOSITION PARTICULIÈRE

Chez M. ENKIRI, du 24 au 26 Avril, de 2 heures à 6 heures

EXPOSITION PUBLIQUE

le Dimanche 27 Avril, Hôtel Drouot, Salle n° 1, de 2 h. à 6 h

IMPRIMERIE
C. CHAUFOUR
6-8, RUE MILTON
PARIS

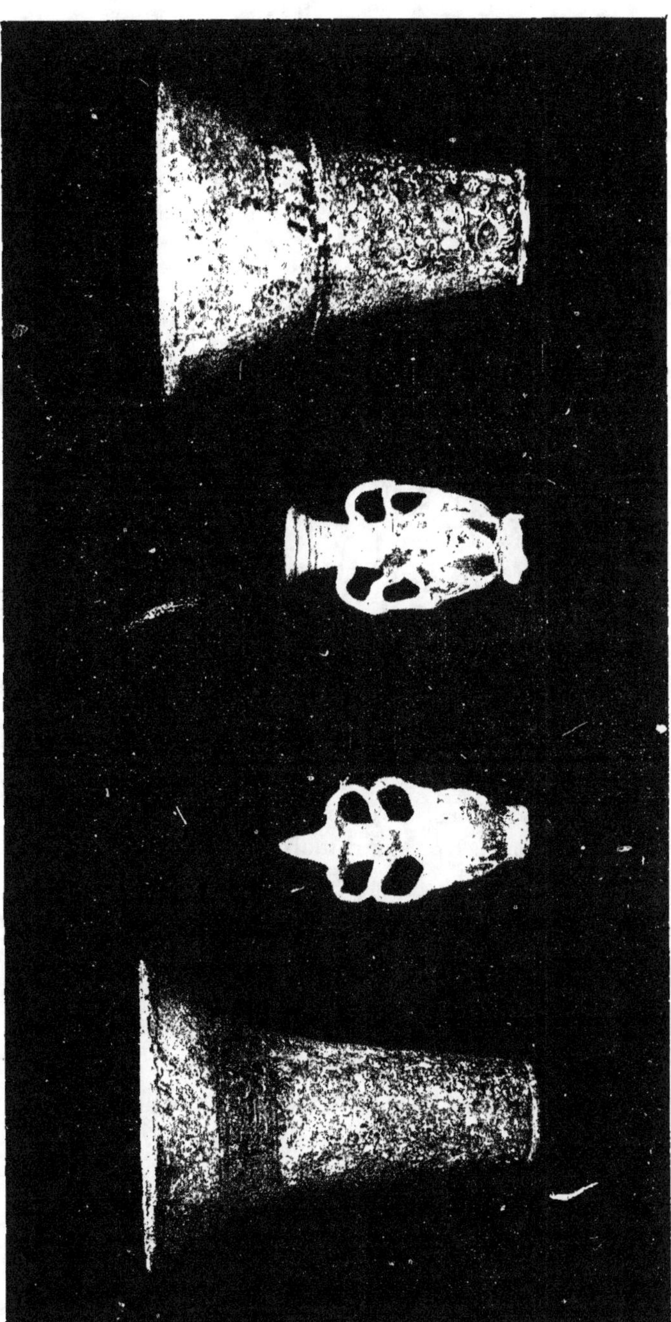

N° 1
N° 3
N° 4
N° 2

4 — Elégante amphore à pied en pâte rouge-grenat ornée sur la panse de filets blancs agglutinés et de quatre anses également en pâte blanche, dont deux doubles. Très belle irisation rouge feu. Sidon.

Haut. : 0^m08.

5 — Très élégante bouteille forme charbet, en pâte rouge-grenat. Magnifique irisation multicolore. Carmel. Epoque arabe.

Haut. : 0^m12.

6 — Très belle coupe creuse, magnifique irisation perlée à fond rose. Carmel. Epoque arabe.

Haut. : 0^m06; Diam. : 0^m08.

7 — Très élégante coupe creuse aux bords évasés et ayant des côtes fines et saillantes. Magnifique irisation rouge feu éclatant. Nablous. Epoque arabe.

Haut. : 0^m06; Diam. 0^m08.

8 — Elégant flacon cylindrique, la panse légèrement enflée vers le milieu, ouverture évasée ornée de deux anses fines. Très belle irisation multicolore. Jibeil (Liban). Epoque romaine.

Haut. : 0^m11.

9 — Joli petit flacon pomiforme, la panse ornée de pointes saillantes. Magnifique irisation multicolore. Alep.

Haut. : 0^m05.

10 — Très beau flacon forme pomme de pin, col étranglé ouverture à larges bords. Très belle irisation perlée. Nazareth.

Haut. : 0^m09.

11 — Très joli flacon piriforme et torsadé, large ouverture ornée d'un gros cercle saillant. Magnifique irisation multicolore et éclatante. Alep.

Haut. : 0^m10.

12 — Très élégante bouteille piriforme à col fin. Magnifique irisation rouge feu éclatant. Carmel. Epoque arabe.

Haut. : 0m09.

13 — Très belle veilleuse de mosquée en pâte bleue. Magnifique irisation multicolore. Alep.

Haut. : 0m05; Diam. : 0m09.

14 — Elégante œnochoé, panse piriforme, bec trilobé, anse fine. Très belle irisation perlée à fond rose. Ptolémaïs.

Haut. : 0m10.

15 — Elégant flacon, panse longue et piriforme ornée de pointes saillantes vers la base. Magnifique irisation multicolore. Alep.

Haut. : 0m11.

16 — Très beau flacon pomiforme à large ouverture. Magnifique irisation or et rose. Alep.

Haut. : 0m05.

17 — Elégante buire piriforme à bec tréflé. Très belle irisation mauve. Epoque byzantine.

Haut. : 0m07.

18 — Elégante bouteille forme figue de barbarie. Magnifique irisation multicolore. Alep.

Haut. : 0m10.

19 — Très joli petit flacon piriforme orné de pointes saillantes très fines. L'artiste a voulu certainement imiter l'enveloppe de la chataigne. Très belle irisation or et rose. Homs.

Haut. : 0m05.

20 — Très beau flacon pomiforme à large ouverture, la panse est ornée de pointes saillantes. Magnifique irisation multicolore. Homs.

Haut. : 0m06.

21 — Très beau vase pomiforme à large ouverture. Magnifique irisation multicolore. Tyr.

Haut. : 0^m12.

22 — Gobelet à pied très long. Très belle irisation argentée intérieure.

Haut. : 0^m18.

23 à 28 — Six petits flacons très irisés.

A diviser.

29 — Coupe à pied bleue ornée de taches rouges coulées dans la pâte. Alep.

Pièce intéressante et rare.

Haut. : 0^m05; Diam. 0^m15.

30 — Coupe à pied en pâte rouge grenat. Très belle irisation multicolore. Alep.

Haut. : 0^m05; Diam. : 0^m12.

31 — Elégant flacon, panse pomiforme côtelée, large ouverture à double rebord. Très belle irisation rouge intérieure.

Haut. : 0^m11.

32 — Jolie bouteille pomiforme. Magnifiquement irisée.

Haut. : 0^m09.

33 — Joli bol. Très bien irisé.

Haut.: 0^m07; Diam.: 0^m09.

34 — Elégante bouteille pomiforme et torsadée, ouverture étroite à larges bords. Très belle irisation multicolore.

Haut. : 0^m09.

35-36 — Deux jolies petites bouteilles pomiformes ornées de pointes saillantes, à large ouverture. Magnifique irisation intérieure bleu-vert.

Haut. : 0^m06.

37 — Beau flacon pomiforme à large ouverture. Magnifiquement irisée.

Haut. : 0ᵐ08.

38 — Elégante petite bouteille bleue torsadée et très bien irisée.

Haut. : 0ᵐ07.

39 à 41 — Trois beaux flacons en pâte épaisse et pomiformes, grandeurs différentes. Magnifique irisation multicolore.

Seront vendus séparément.

42 — Deux élégantes bouteilles piriformes en pâte bleue, ornées de filets blancs agglutinés.

Haut. : 0ᵐ09.

43 — Deux chandeliers. Magnifiquement irisés.

Haut. : 0ᵐ19.

44-45 — Deux calices à pied. Irisés.

Haut. : 0ᵐ075.

46 — Elégante bouteille, panse pomiforme ornée de pointes saillantes, col à ouverture légèrement évasée. Très belle irisation gorge pigeon.

Haut. : 0ᵐ19.

47-48 — Deux jolies petites bouteilles piriformes ornées de pointes saillantes. Très belle irisation argentée et mauve.

Haut. : 0ᵐ07.

49 à 51 — Trois jolis petits flacons pomiformes. Très bien irisés.

52 — Petite œnochoé en pâte bleue, panse à dépressions, col orné d'un filet, anse courbée. Très bien irisée.

Haut. : 0ᵐ08.

53 — Jolie petite bouteille piriforme en pâte rouge grenat, ornée de filets blancs agglutinés. Très belle irisation rouge.feu,

Haut. : 0^mo8.

54 à 56 — Trois jolies petites bouteilles. Très bien irisées.

Seront vendues séparément,

Haut. : 0^mo9.

57 à 61 — Cinq jolls petits flacons fusiformes. Très bien irisés.

Seront vendus séparément.

62 — Bouteille dont la panse a quatre faces se rétrécissant vers le bas, col fin et légèrement enflé au milieu. Très bien irisée.

Pièce curieuse.

Haut. : 0^m13

63 à 66 — Quatre beaux petits flacons pomiformes. Très bien irisés.

67 — Elégante bouteille, panse pomiforme, long col à large ouverture. Très bien irisée.

Haut. : 0^m19.

68 — Œnochoé à pied échancré, panse piriforme et côtelée, col fin orné vers la naissance d'un gros cercle torsadé, anse large et cannelée. Irisée.

Haut. : 0^m19.

69 — Œnochoé piriforme, anse courbée. Très belle irisation intérieure.

Haut. : 0^m17.

70 — Bouteille, panse grosse et pomiforme, col bas. Très bien irisée.

Haut. : 0^m12.

71 à 78 — Huit pièces différentes. Irisées.

A diviser.

79 — Un grand flacon de pharmacie. Italie.

80 — Un flacon arabe forme amphorisque ornée de dessins en creux. Irisé.

Haut. : 0ᵐ22.

81 — Lécythe anse courbée et fine. Très irisée

Haut. : 0ᵐ14.

82 — Une petite veilleuse de mosquée. Très irisée.

Haut. : 0ᵐ05 ; Diam. : 0ᵐ08.

83 — Gobelet. Très irisé.

Haut. : 0ᵐ07.

84 — Elégante bouteille pomiforme un pâte brune. Très
bien irisée.

Haut. : 0ᵐ10.

85 — Œnochoé à pied, panse pomiforme, ouverture
évasée, anse courbée. Très irisé.

Haut. : 0ᵐ09.

86 — Amphore à deux anses en pâte de verre ornée de
cercles de palmettes blanches coulées dans la pâte.
Travail phénicien.

Haut. : 0ᵐ15.

87 — Flacon fusiforme en pâte rouge clair.

Haut. : 0ᵐ18.

88 — Bouteille pomiforme. Irisation intérieure.

Haut. : 0ᵐ10.

89 — Coupe plate et côtelée.

90 — Œnochoé rouge clair, anse large et verte.

Haut. : 0ᵐ15.

91 — Lécyte pomiforme, anse fine. Très bien irisé.

Haut. : 0^m13.

92 — Petit flacon pomiforme. Irisé.

Haut. : 0^m07.

93 — Flacon piriforme à très belle irisation métallique intérieure.

Haut. : 0^m15.

93 *bis* — Deux grosses bouteilles piriformes à col bas. Très belle irisation métallique intérieure.

Haut. : 0^m12.

93 *ter* — Joli gobelet à très belle irisation métallique intérieure.

Haut. : 0^m09.

94 — Flacon piriforme à belle irisation métallique intérieure.

Haut. : 0^m18.

95 — Cinq pièces (deux petits flacons pomiformes, une toute petite coupe, un bol, un gros flacon panse pomiforme, et torsadée). Irisées.

VASES PEINTS

95 *bis* — Lécythe décor noir sur fond clair : Danseurs et danseuses.

Haut. : 0^m16.

96 — Lécythe décor rouge clair sur fond noir : Femme assise sur une chaise et se regardant dans un miroir.

Haut. : 0^m13.

96 *bis* — Lécythe décor rouge clair sur fond blanc : Un personnage debout.

Haut. : 0ᵐ24.

97 — Lécythe décor noir sur fond rouge : Personnages conduisant un quadrige.

Haut. : 0ᵐ23.

97 *bis* — Lécythe dessins linéaires sur fond clair.

Haut. : 0ᵐ15.

98 — Lécythe décor rouge clair sur fond noir : Une oie les ailes mi-déployées.

Haut. : 0ᵐ13.

99 — Amphore à trois anses, décor rouge clair sur fond noir : Un génie donnant à boire à une femme.

Haut. : 0ᵐ14.

100 — Amphore à deux anses, décor rouge clair sur fond noir : Femme assise et se regardant dans un miroir qu'un génie lui présente.

Haut. : 0ᵐ22.

TERRES CUITES, PLATRES
ET TERRES ÉMAILLÉES

101 — Cinq petites têtes.

102 — Sapho tenant la harpe et assise sur un oiseau dont les ailes sont déployées.

Haut. : 0ᵐ12.

103 — Jeune femme debout appuyant la main gauche sur une colonnette et tenant un sac de la main droite.

Haut. : 0ᵐ19.

104 — Enfant assis.

105 — Femme drapée et tenant un éventail.

Haut. : 0ᵐ21.

106 — Jeune femme la tête couronnée de feuillage.

Haut. : 0ᵐ20.

107 — Jeune femme assise sur un rocher et la tête couronnée de feuillage.

Haut. : 0ᵐ12.

108 — Jeune femme ajustant son voile.

Haut. : 0ᵐ19.

109 — Jeune femme ajustant son voile et tenant un éventail.

Haut. : 0ᵐ22.

110 — Jeune femme assise les mains enroulées dans son voile.

Haut. : 0ᵐ15.

111 — Deux tout petits amours.
   Douteux.

112 — Vénus nue au bain.
   Pièce douteuse.

113 — Mercure coiffée et les ailes déployées.
   Pièce douteuse.

114 — Sapho debout jouant de la harpe.
   Pièce douteuse.

115 — Jeune femme le torse nu, assise sur un rocher et jouant avec un amour sur ses genoux.
   Pièce douteuse.

116 — Jeune tanagréenne debout, ajustant son voile.

Haut. : 0^m24.

117 — Jeune fille tenant un éventail, assise sur une oie.

Haut. : 0^m13.

118 — Personnage barbu et buste de femme.

119 — Deux plaques rondes en plâtre, ornées l'une de la croix byzantine en relief et l'autre de personnages en dessin noir.

120 — Quatre pièces en terre émaillée bleu, deux statuettes de Bess, une momie et un cochon.

BRONZES ANTIQUES

121 — Très belle œnochoé à pied, panse forme amphorisque, l'anse est haute et ornée : du côté du goulot, d'une tête d'homme barbu encadrée à égale distance de deux têtes d'éphèbe, et du côté de la panse d'un génie ailée se terminant en palmette.

Très jolie pièce.

Haut. : 0^m28.

122 — Très belle œnochoé à pied, panse forme amphorisque.
Même désignation que la précédente.

123 — Un seau avec anse, les deux anneaux qui tiennent l'anse se terminent par un masque de femme.

Haut. : 0^m18; Diam. : 0^m21.

124 — Une paire de petits masques de lion.

125 — Deux paires de petits masques de lions.

126 — Deux petites coupes ornées de feuillage.

127 — Un petit médaillon de femme.

128 — Deux bracelets gaulois.

129 — Un bracelet de quatre tours formant serpent
enroulé.

130 — Mercure, applique terme.

131 — Un tout petit buste de femme.

132 — Un très joli petit bassin en ancien cuivre persan
orné d'inscriptions et de dessins gravés en argent et
or.

133 — Encensoir byzantin orné de la croix adorée par
des moines.

134 — Vase forme gobelet avec anse au milieu de la
panse.

Haut. : 0^m12.

MARBRES, ALBATRE
PIERRE ET BOIS

135 — Masque de femme en pierre.

Haut. : 0^m17.

136 — Statuette sbire égyptien assis.

Pierre.

Haut. : 0^m16.

137 — Statuette femme égyptienne coiffée les mains
croisées.

Albâtre.

Haut. : 0^m15.

138 — Jolie tête de femme, les cheveux ramenés sur le
haut de la tête. Marbre grec de Paros. Socle marbre
brèche d'Alep.

Haut. : 0^{m}17.

139 — Plaque tombale égyptienne ornée d'hyérogliphes
et de la scène suivante : Prêtre assis sur une chaise
devant une table chargée d'appareils. La main gauche
est levée et porte une fleur symbolique. De l'autre
côté de la table un personnage debout tend la main
droite en avant comme pour saisir la fleur.

Pièce intéressante.

Haut. : 0^{m}34; Larg. : 0^{m}2^5.

140 — Plaque égyptienne en bois ornée d'hyérogliphes
et de figures.

Haut. : 0^{m}35; Larg. : 0^{m}22.

141 — Hercule vieux nu et debout, tenant le foudre
dans sa main.

Marbre.

Haut. : 0^{m}35.

FAIENCE DE SYRIE

ÉPOQUE ARABE

142 — Flacon forme biberon avec anse émail bleu turquoise, irisation blanche.

Haut. : 0^{m}08.

143 — Petit bol émail bleu turquoise à dessins noirs,
Irisé.

Haut. : 0^{m}07; Diam. 0^{m}12.

144 — Petite potiche émail bleu turquoise couvert d'une
irisation argentée.

Haut. : 0ᵐ15.

145 — Brik émail bleu turquoise à dessins noirs. Belle
irisation dorée.

Haut. : 0ᵐ14.

146 — Encrier à deux compartiments émail bleu turquoise. Irisé.

Haut. : 0ᵐ14; Larg. : 0ᵐ18; Prof. : 0ᵐ10.

147 — Vase émail blanc avec des lignes bleues.

Haut. : 0ᵐ15.

148 — Elégant flacon forme charbet, contourné et orné
d'inscriptions arabes, émail blanc à dessins rouges
métalliques.

Haut. : 0ᵐ31.

149 — Une petite lampe basse émail bleu turquoise à
dessins noirs.

150 — Grand vase à trois anses, émail bleu sombre.

Haut. : 0ᵐ45.

151 — Amphore à deux anses émail bleu turquoise, le
pied manque.

152 — Vase rouleau à deux petites anses, émail bleu
turquoise. Irisé.

Haut. : 0ᵐ23.

153 — Huit bols de grandeurs et de couleurs différentes.

154 — Quatre vases différents.

FAIENCE DE PERSE

155 — Dix plats et bols de grandeurs et de couleurs différentes,

> Seront vendus séparément.

155 *bis* — Sept pièces : potiches et autres vases.

> Seront vendus séparément.

ARMES

156 — Deux pistolets orientaux montés argent filigrammé pierres de couleur incrustées. xviiie siècle.

156 *bis* — Sabre oriental, poignée et fourreau argent travaillé avec pierres de couleur incrustées, lame damasquinée avec inscription et date 1235 de l'hégire. xviiie siècle.

TAPIS D'ORIENT

157 — Deux tapis de soie.

> Seront vendus séparément.

158 — Dix tapis de Boukhara de Smyrne et de Perse.

Seront vendus séparément.

159 — Objets omis.

————

NOTA. — *Les tapis ne seront visibles qu'à l'exposition publique de l'Hôtel Drouot.*